Underdanig Fotograf

Erika Sanders
Serie
Dominans og erotisk underkastelse

Synopsis

Julia er en professionel fotograf, der kan lide at forevige vigtige øjeblikke i folks liv gennem sine fotografier .

Mens han i sit studie afslører de sidste billeder, han havde taget af en familie, kommer en ny kunde ind i lokalerne.

Denne klient, en meget velpositioneret og berømt leder, har en usædvanlig opgave for Julia: at fotografere voksenscener.

Julia er tilbageholdende med at acceptere denne opgave, men direktørens tilbud er meget saftigt...

Underdanig Fotograf er en roman med et stærkt erotisk BDSM-indhold og til gengæld en ny roman tilhørende samlingen Erotisk Domination, en serie af romaner med et højt romantisk og erotisk BDSM-indhold.

(Alle karakterer er 18 år eller ældre)

Bemærkning om forfatteren:

Erika Sanders er en internationalt kendt forfatter, oversat til mere end tyve sprog, som signerer sine mest erotiske skrifter, langt fra sin sædvanlige prosa, med sit pigenavn.

Indeks

UNDERDANIG FOTOGRAF
ERIKA SANDERS

FØRSTE DEL
Jobtilbuddet

KAPITEL 1

Julia sad i det mørke rum i sit lille fotostudie og fremkaldte fotografiske billeder.

Fotografering havde altid været hans passion, og han gjorde det til sin karriere.

Den 30-årige pige så opmærksomt på, mens billederne blev færdige.

Hun hængte dem ud til tørre og brugte et øjeblik på at beundre deres arbejde for en kærlig familie.

Julia stoppede sit arbejde, da hun hørte klokken ringe, efter at hoveddøren gik op.

Han gik til receptionen og så en kvindelig leder i fyrrerne, klædt ud som en, der arbejdede på et meget fancy kontor.

"Goddag," sagde Julia med et varmt smil. "Velkommen til mit fotostudie. Jeg hedder Julia. Hvordan kan jeg hjælpe dig?"

Den professionelle kvinde smilede tilbage.

"Hej Julia. Jeg hedder Catherine."

De gav hinanden hånden, da Julia stod bag disken.

"Hyggeligt at møde dig, Catherine. Er der noget, jeg kan gøre for dig i dag? Leder du efter noget særligt?"

"Det er jeg faktisk. Jeg elsker dit arbejde. Jeg synes, du er fantastisk til at tage portrætter og fange specielle øjeblikke."

Julia rødmede.

"Tak. Er du her på en anbefaling?"

"Faktisk forskning. Jeg synes, de billeder, du har på din hjemmeside, er fantastiske. Du er en meget talentfuld kvinde."

"Jeg gør det bedste, jeg kan".

"Så hvordan fungerer denne proces?" spurgte Catherine. "Kontakter folk dig, fortæller dig, hvad de vil have, og så tager du billeder af dem? Jeg er selvfølgelig ny i det her."

"Normalt er det sådan, det fungerer. Nogle gange kommer folk til mit studie, hvis de vil have taget deres portrætter, eller nogle gange hyrer de mig til at komme hjem til dem."

"Hvad slags billeder tager du normalt?"

"Det kommer an på," svarede Julia. "Hvis jeg skal ud, er det som regel til bryllupper, ceremonier, dimissioner, sådan noget. I mit studie tager jeg som regel familieportrætter."

"Har du noget imod, hvis jeg stiller dig et personligt spørgsmål?"

"Frem."

"Tjener du mange penge på det her?"

"Det er et værdigt liv."

"Julia, jeg vil ikke spilde din tid," sagde Catherine i en forretningsmæssig tone. "Jeg søger at hyre en fotograf til en række fotoshoots. Jeg vil betale gode penge og kræver fuld diskretion. Alle billeder vil være voksenorienterede."

"Det burde ikke være et problem," svarede Julia selvsikkert. "Jeg har lavet meget nøgenarbejde før. Jeg er tryg ved den slags."

"Hvad slags erfaringer har du med det?"

"På college havde jeg et par nøgenkunstklasser. I mit hovedfag i fotografi tog jeg sensuelle nøgenportrætter for kvinder. Det er en ret almindelig anmodning. Jeg går ud fra, at du vil have sådan noget."

Catherine smilede.

"Ikke helt. Det, jeg laver, involverer lidt mere erotik."

"Er det pornografisk?" spurgte Julia forsigtigt.

"Jeg er ikke en person, der kan lide at sætte mærker på ting. Jeg udforsker grænserne for menneskelig seksualitet på en meget speciel måde. Jeg har særlige venner, og jeg vil gerne have, at du dokumenterer nogle af vores sessioner med dine unikke færdigheder. en fotograf".

Julia var lidt overrasket.

"Det kan jeg ikke. Undskyld. Ingen fornærmelse, men jeg kunne nok ikke gøre mit bedste arbejde i det miljø."

Catherine rakte ud i sin taske og lagde et visitkort på bordet.

"Tak for din tid," svarede Catherine høfligt. "Som kunstner håbede jeg, at du ville være åben over for alle former for kunst, der involverer den menneskelige krop. Hvis du er nysgerrig efter, hvad jeg laver, så ring til mig. Jeg håber stadig, at vi kan arbejde sammen til sidst. Hav en god dag."

"Også dig. Tak fordi du kom. Jeg undskylder for ikke at kunne hjælpe dig."

"Du skal ikke undskylde. Dette er ikke for alle. På bagsiden af mit kort har jeg skrevet det beløb, jeg ville betale for dine tjenester. Tænk over det."

Da hun sagde dette, vendte Catherine sig og forlod det lille arbejdsværelse.

Det havde været det mest usædvanlige tilbud, Julia havde modtaget, siden hun startede sin egen fotografivirksomhed.

Hun var aldrig blevet opfordret til noget åbenlyst seksuelt før.

Han tog kortet og kiggede på det.

Til sin overraskelse havde Catherine en stilling på højt niveau i en stor investeringsbank i byen.

Julia vendte kortet og så prisen, Catherine var villig til at betale, og hun blev overrasket.

KAPITEL 2

Senere tænkte han på den aften.

Nysgerrigheden var stadig i Julias sind inden sengetid, selvom en del af hende gerne ville holde sig væk fra Catherine.

Hun gik til skraldespanden, hvor hun havde smidt det, og tog Catherines visitkort frem, som hun havde rullet til en lille kugle.

Han foldede den ud og kiggede igen.

Han gik derefter til sin computer for en hurtig gennemgang.

Efter en kort søgning fandt Julia Catherines LinkedIn-side.

Catherine var en erfaren forretningskvinde med en høj stilling i en stor investeringsbank.

Mængden af erfaring Catherine havde på et højt niveau var overraskende for Julia.

Julia fortsatte sin søgning på nettet og fandt Catherines Facebook-side, som var åben for alle.

Hun kiggede de personlige billeder af forretningskvinden igennem.

Catherine var smuk, elegant, sofistikeret, med en kommanderende aura.

Julia undrede sig over, hvorfor sådan en kvinde ville være interesseret i at tage eksplicitte billeder.

Men alle har åbenbart deres hemmeligheder, tænkte Julia.

Intrigen var nok til, at Julia ændrede mening.

Når alt kommer til alt, hvor snuskede kunne disse billeder være?

De skulle helt sikkert være smagfulde.

Han åbnede sin e-mail og skrev en besked til Catherine:

Hej Catherine

Jeg håber du har det sjovt. Jeg er Julia fra fotostudiet. Jeg har overvejet dit tilbud meget og vil måske genovervejede min holdning til sagen, hvis du stadig er interesseret i at arbejde sammen med mig. Men først har jeg et par spørgsmål. Er der et passende tidspunkt, hvor vi kan tale i telefon? Eller vil du gerne fortsætte med at kommunikere via e-mail? Lad mig vide.

Pas på dig selv,

Julia"

Han så på uret, og klokken var allerede elleve femogtyve om natten.

Julia slukkede sin computer og kiggede igen på visitkortet.

Han vendte den om og så på Catherines håndskrevne seddel: Fem hundrede dollars i timen.

kun blevet mere nysgerrig, da hun gik i seng.

KAPITEL 3

Næste morgen var en typisk morgen for Julia.

Når der ikke var nogen kundeemner eller kunder i hans lille studie, brugte han sin tid i mørkerummet på at fremkalde flere billeder.

Det var kedeligt arbejde, men hun nød det.

Da hun var færdig, forlod hun det mørke rum og kiggede på sin bærbare computer på sit skrivebord.

Der var flere nye e-mails.

Julias øjne flikkede hen over listen over beskeder, hvoraf de fleste var arbejdsrelaterede.

Det, der øjeblikkeligt fangede hans opmærksomhed, var Catherines e-mail-svar.

Hun åbnede den:

Julia

Jeg er glad for, at du genovervejede mit tilbud. Det er bedst, hvis vi mødes personligt for at diskutere dette. Kom til mit kontor fredag klokken otte om morgenen. Jeg giver dig en aftale, så receptionen og min sekretær lukker dig ind.

Catherine"

Den korte e-mail var mere end nok til at vække Julias interesse endnu en gang.

Hun rakte ned i sin taske for at finde adressen på sit kontor i centrum på Catherines visitkort.

Hun gik på nettet og søgte rutevejledninger fra sit hjem og sørgede for at holde sin tidsplan klar for fredag morgen.

ANDEN
DEL Trældomsrummet

KAPITEL 4

Julia stod nervøst i elevatoren, da den gik op i den store bygning.

Hun bar en button-down skjorte med en business-nederdel for at se passende ud i et firmamiljø.

Da elevatoren endelig nåede gulvet, søgte Julia frygtsomt efter Catherines kontor i det mærkelige område for hende.

Da han fandt hende, henvendte han sig til en ung sekretær, som tillod ham at komme ind på kontoret.

Hun slugte lydløst, da hun gik ind og indså, at hun lige havde afbrudt Catherines kontorarbejde, hvad end det var på det tidspunkt.

"Vær venlig at sidde," sagde Catherine høfligt bag sit skrivebord. "Jeg er glad for, at du ændrede mening om et muligt forhold."

Julia satte sig op og slappede af.

"Jamen, jeg tænkte over det og indså, at det nok er noget med god smag."

"Se på mit kontor. Selvfølgelig er alt, hvad jeg gør, smagfuldt," sagde forretningskvinden spøgende.

"Det kan jeg bestemt se."

"Og jeg er sikker på, at de penge, jeg tilbyder, har været med til at overbevise dig, er det korrekt?"

Julia rødmede.

"Det er en del af det ."

"Okay," sagde Catherine indforstået. "Jeg sætter pris på din ærlighed. Der er ingen skam i at ville have flere penge."

"Penge er altid godt. Jeg er ikke ligefrem rig. Men mere end noget andet elsker jeg kunsten at fotografere. Jeg elsker at fange billeder af mennesker, der vil vare livet ud. Du virker som en virkelig interessant person og fortæller din historie med min billeder var en mulighed, jeg bare ikke kunne gå glip af."

"Jeg vidste, at jeg valgte den rigtige kvinde til jobbet," smilede Catherine.

"Vil du have noget imod at give mig en idé om, hvad du ønsker? Jeg forstår dit behov for diskretion i betragtning af emnet. Men på dette tidspunkt vil jeg gerne vide, hvad jeg går ind til."

"Er du bekendt med bondage og BDSM-livsstilen?"

Julia var overrasket.

"Ja, jeg er."

"Hvad kan du fortælle mig om det?"

Julia tænkte sig om et øjeblik.

"Ikke meget. Jeg kender kun de kliché-ting, jeg ser på tv. Du ved, piske, kæder, læder. Den slags."

"Det er bare et lille aspekt af fetichen," forklarede Catherine. "True BDSM handler om dominans og underkastelse. Det handler om at miste magten og give sig selv fuldstændig til en anden person. På en sikker og samtykkende måde, selvfølgelig. Pisk og kæder er blot redskaber til at nå et bestemt mål. "

"Er hun ligesom en elskerinde eller noget?" spurgte Julia i en frygtsom tone.

"Jeg kan ikke lide etiketter. Men jeg tror, jeg ville passe til den beskrivelse. Er det generer dig?"

"Slet ikke. Umm, jeg synes, at kvindelig empowerment er en fantastisk ting."

"Også mig," indvilligede Catherine. "Og du kommer til at se en seriøs kvindelig empowerment, når du kommer ind på mit særlige værelse. De fleste af mine subs er magtfulde forretningsmænd i deres daglige liv. De gider at få mig i knæ privat."

"Og dig?"

"Mig hvad?"

"Sender du også?" spurgte Julia.

Catherine smilede.

"Selvfølgelig gør jeg det. Jeg ville ikke gøre det her, hvis jeg ikke elskede hvert sekund af det."

"Hvordan fungerer det her? Jeg mener, kommer de for at besøge dig? Hvad så? Slår du dem eller noget?"

"Jeg har et særligt trældomsrum på mit loft," svarede Catherine. "Jeg møder forskellige underdanige fra erhvervslivet. Det er noget eksklusivt. Normalt i weekenden. Bare for en time."

"Hvorfor en time?" spurgte Julia.

"Det er den perfekte mængde tid, efter min mening. Hvis det varede for længe, ville tingene begynde at gøre ondt på en dårlig måde. Hvis det var for kort, ville der ikke være nok forspil til at bygge tingene op. En time er den perfekte mængde tid til at bygge et utroligt klimaks."

"Det lyder provokerende."

"Vent til du ser det," sagde Catherine. "Jeg bærer en guldmaske. Det er ligesom et alter ego, jeg har. Når først masken er på, bliver jeg en anden person. Hvis folk synes, jeg er en tæve på kontoret, så vent, indtil du er i mit trældomsværelse med mig ." med masken på og en pisk i hånden. Jeg bliver noget helt andet."

Julia var tiltrukket af Catherine.

Det var en ny verden af seksuel frihed uhindret af personlige hæmninger.

Det frastødte ham på en måde, men samtidig var han fuldstændig fascinerende.

Jeg kunne ikke vente med at se den og fange den på kamera.

"Du vil have mig til at fotografere hele oplevelsen, ikke?" spurgte Julia for at gøre det klart.

"Jeg vil have, at du fotograferer alt undtagen ansigterne. Diskretion er af største vigtighed, da mine bukser for det meste er velhavende individer. Du vil ikke få lov til at vide, hvem de er. De vil være maskerede til enhver tid."

Julias fingre rykkede.

"Jeg skal være ærlig. Det hele virker mærkeligt for mig. Jeg er aldrig blevet bedt om at være en del af noget lignende før. Jeg har ikke engang set disse ting på video, hvilket ikke betyder, at jeg ikke har set porno. Det hele er meget nyt for mig."

"Så misunder jeg dig," svarede Catherine.

"Virkelig hvorfor?"

"Fordi du vil udforske dette for første gang med jomfruelige øjne."

"Det vil helt sikkert være tilfældet," svarede Julia.

"Sig mig, er du tilfreds med dit sexliv?"

"Hvad mener du?"

"Er du seksuelt tilfreds?" spurgte Catherine ligeud. "Kommer du som du vil? Vil du gerne have bedre orgasmer? Vil du have nogen til at kneppe dig med krop og sjæl?"

Julia blev overrasket over den respektable forretningskvindes række af spørgsmål.

"Mit sexliv kunne være bedre," indrømmede han. "Jeg er single. Jeg har ikke datet i lang tid. Det er den personlige pris, jeg betaler for at drive min egen virksomhed."

"Så du onanerer sikkert meget."

"Mere eller mindre."

Catherine tog en kuglepen og en notesblok og begyndte at skrive.

Da han var færdig, rakte han sedlen til Julia.

"Det er adressen på min lejlighed," sagde Catherine. "Den næste session er lørdag klokken ti om natten. Kom ikke for sent. Du vil blive betalt fem hundrede dollars for hele timen. Tag billeder af alt, hvad du vil, undtagen ansigter eller andet, der kan bruges til at identificere nogen . billeder vil udelukkende tilhøre mig. Så lad være med at poste dem nogen steder. Min sekretær vil have en kontrakt og fortrolighedsformularer klar, som du kan underskrive, når du forlader mit kontor. Det vil være alt for nu."

Julia rejste sig.

"Tak. Jeg ser frem til vores møde på lørdag."

Catherine rejste sig også, og de to kvinder gav hinanden hånden for uformelt at afslutte aftalen.

"En ting mere, tag en pæn kjole på, når du kommer forbi. Jeg vil have, at du ser godt ud."

Udseendet på Julias ansigt ændrede sig.

I samme øjeblik havde han lige indset, hvad han gik ind til.

KAPITEL 5

Efter at have mødtes med sekretæren for at underskrive formularerne og aftalerne skyndte Julia sig ud af firmabygningen for at få lidt frisk luft.

Hans sind var en blanding af følelser.

Jeg var nysgerrig, men jeg var nervøs.

Jeg var fascineret, men modvillig.

Han indså, at alt dette var i spidsen, men det var for sent at vende tilbage.

Hun havde allerede givet sit ord, hun havde skrevet under på kontrakterne, og der var ingen vej tilbage.

Gaden i centrum var overfyldt, og hun så virksomhedens medarbejdere gå til deres destinationer, mens hun stod helt nervøs.

Julia så et lille udendørs cafeteria og gik over for at stå i køen.

Han havde desperat brug for noget stærkt at drikke.

I det øjeblik, da Julia stod i kø, hørte hun en stemme, der kaldte på hende bagfra.

Da hun vendte sig om, så hun Catherines personlige sekretær nærme sig hende med et smil.

Sekretæren var overraskende ung, i tyverne, og hun var meget smuk.

"Har jeg glemt at skrive under på noget?" spurgte Julia, da sekretæren nærmede sig.

"Nej. Alt det er allerede gjort. Jeg er på min pause, og jeg ville gerne tale med dig."

"Hvorfor?"

"Jeg ved, hvad de har ansat dig til," sagde han. "Da du underskrev dokumenterne, så du skrækslagen ud, som om du underskrev en kontrakt for dit liv."

"Kan du bebrejde mig, at jeg har det sådan?"

Sekretæren smilede.

"Det er en normal følelse. Jeg ved præcis, hvad du går igennem."

"Du ved det?" spurgte Julia.

"Ja. Lad os bare sige, at jeg gennemgik en omfattende samtaleproces for at få mit job som Catherines sekretær."

Det tog ikke Julia lang tid at skabe forbindelsen.

Han indså straks, at den smukke unge sekretær var seksuelt underdanig over for Catherine.

Julia gjorde sit bedste for at undgå at blive overrasket.

"Så du og Catherine?" spurgte Julia tankevækkende og nysgerrigt.

Sekretæren nikkede stolt.

"Jeg søgte jobbet velvidende, at jeg ikke var kvalificeret til at arbejde for en førsteklasses virksomhedskvinde. Men jeg troede, jeg ikke havde noget at tabe. Hun interviewede mig personligt. Jeg kunne mærke, at hun kunne lide mit udseende. Og før jeg vidste af det , Jeg underskrev en masse fra de samme dokumenter, du lavede. Så lod hun mig komme ind i sin private eventyrverden."

"Hvorfor fortæller du mig det? Jeg vil ikke lyde uhøflig, men det er ikke lige den information, der skal deles."

"Det lyder som om du måske har brug for en ven. Jeg vil ikke have, at du skal være nervøs."

"Tak," svarede Julia. "Jeg er dog allerede nervøs. Jeg kan ikke lade være med at føle, at jeg har begået en stor fejl. Jeg er ikke sikker på, jeg kan klare sådan en fetich."

"Jeg tænkte det samme, da jeg begyndte at blive involveret med hende. Jeg var rædselsslagen, da jeg første gang så hendes trældomsværelse. Mine hænder rystede, da vi startede processen. Men nu kan jeg ikke undvære det."

"Hvad fik dig til at ændre mening?" spurgte Julia.

"Fornøjelse."

KAPITEL 6

Lørdag aften.

Julia gik til lejligheden med sit kamera i etuiet, og hun var iført en gul kjole, som hun havde købt specielt til lejligheden.

Klokken var ni om natten.

Han ankom en time før aftalen, da han tog elevatoren op.

At være punktlig var en del af jobbet.

Da hun kom til lejligheden, gik Julia over til Catherines lejlighed og ringede.

Han behøvede ikke vente længe på, at Catherine åbnede døren barfodet i en silkekåbe.

Catherines hår var godt stylet, og det samme var hendes perfekte makeup.

"Du er tidligt," smilede Catherine.

"Jeg kan altid godt lide at være tidligt. Er det et problem? Jeg kan altid komme tilbage lidt senere..."

"Nej, nej, det er fint. Kom ind. Jeg er glad for, at du er tidligt ude. Det giver os en chance for at snakke lidt mere."

Julia kom ind i lejligheden og undrede sig over alt.

"Smukt sted," sagde Julia beundrende. "Det her er vidunderligt. Jeg har aldrig set noget lignende i byen."

"Der vil være mange ting i aften, som du ikke har set før."

"Jeg er sikker på, at du har ret. Må jeg se dit trældomsrum? Jeg ville elske at tage nogle billeder af det lige nu."

"Ikke endnu," svarede Catherine. "Jeg vil have, at du tager billeder, når alting starter, ikke før."

"Godt."

"Lidt bange?"

Julia tænkte sig om et øjeblik.

"Lidt. Men jeg skal nok klare mig. Jeg er dog bestemt nysgerrig. Jeg har aldrig været en del af noget lignende."

"Du er sådan en kvinde, der kommer til at nyde det her. Jeg kan mærke det."

"Hvad får dig til at sige det?"

"Jeg har gjort det her i lang tid," svarede Catherine. "Jeg kan fortælle meget om folks seksuelle vaner bare ved at se på dem. Efter i aften er jeg sikker på, at du vil være ivrig efter at komme tilbage. Du vil blive hooked. Stol på mig."

Julia følte sig pludselig utilpas ved Catherines antagelse.

Hun forsøgte at forblive professionel og seriøs.

"Så hvad kan du fortælle mig om aftenens gæst?" spurgte Julia og skiftede emne.

"Han er rig. Han er en lang ven af mig. Jeg plejer at få forretningsråd fra ham, men seksuelt tager han sine ordrer fra mig. Du vil ikke se hans ansigt, og du vil ikke kende hans identitet."

"Hvad tid kommer han?"

"Det er her," smilede Catherine.

"Han er ...?"

Catherine pegede ned ad gangen.

"Den er i mit hovedrum. Vil du kigge?"

Begge kvinder gik ned ad gangen i den luksuriøse lejlighed.

Julias puls steg, som om hun trænede cardio.

Hendes hjerte bankede hurtigt, da Catherine åbnede døren til soveværelset.

"Der er den," sagde Catherine.

Julia blev næsten overrasket, da hun så en midaldrende mand sidde på sengen, kun iført sit undertøj.

Hans ansigt og hoved var dækket af en sort lædermaske.

Der var huller i den, så han kunne se og tale.

Han så direkte på Julia.

krop afspejlede hans alder, og hans figur var glat og buttet.

Hans hænder var bundet sammen med et reb.

"Hvad synes du?" spurgte Catherine med et grænseoverskridende ondt smil.

"Jeg ved ikke, hvad jeg skal tænke".

"Nå, er du bange for, hvad jeg skal gøre ved ham? Tænder det her dig på nogen måde? Du må have nogle ideer om det."

"Det er bestemt et meget provokerende billede."

Catherine smilede.

"Hvis du synes, det er provokerende, så vent til showet starter. Det er dog ikke tid endnu."

Han lukkede soveværelsesdøren, og de stod på gangen.

"I mellemtiden," sagde Catherine og så på liget af fotografen. "Jeg troede, jeg bad dig tage en pæn kjole på i aften."

Julia kiggede kort på sin billige gule kjole.

"Undskyld. Det var det bedste, jeg kunne finde."

"Ikke godt nok. Følg mig."

De to kvinder gik mod et andet rum for enden af gangen.

Det var et gæsteværelse, som var lige så imponerende som hovedrummet.

Værelset var pænt og sengen virkede nyrevet.

Catherine åbnede skabet og søgte kort gennem det store udvalg af dyrt tøj.

Da hun fandt, hvad hun ledte efter, smed hun det op på sengen.

Det var en elegant og slank sort kjole.

"Tag den på," sagde Catherine. "Jeg vil ikke have, at du har andet på end det, ikke engang dine sko."

"Hvad med min bh og trusser?"

" Ej heller. Vil det være et problem?"

Julia rystede på hovedet.

"Ingen."

"Godt. Tag tøj på i dette værelse. Jeg er snart tilbage, når jeg får mine støvler på og er af med denne kappe."

"Godt."

"Er du klar til det her?" spurgte Catherine.

"Jeg er."

"Du ser utilpas ud. Det er okay at være nervøs. Men hvis du ikke vil fortsætte, er det også okay. Jeg kan altid finde en anden, og jeg betaler dig endda for i aften."

Julia tog en kort vejrtrækning.

"Nej. Jeg vil gøre det her. Jeg tager min kjole på, og jeg er klar, når du er."

"Fremragende," smilede Catherine, før hun vendte sig om for at gå væk.

Julia blev efterladt alene i det luksuriøse gæsteværelse.

Hun kiggede på den sorte kjole, der lå på sengen, og undrede sig over, hvor meget den var værd.

Det virkede dyrt.

Hun sænkede kameraet, tog derefter sin gule kjole af og smed den på sengen.

Han tog sine sko af.

Til sidst, som Catherine bad om, fjernede hun sin bh og trusser og stod nøgen i rummet.

Hun stirrede på sit nøgne udseende i spejlet og bemærkede, hvor normal hun så ud.

Hun tog den sorte kjole op og tog den på og så sig selv i spejlet igen.

Denne gang så hun meget anderledes ud.

Hun virkede som en kvinde af klasse og elegance.

"Smukt," sagde Catherines stemme fra gangen.

Julia var overrasket over, at hun var blevet set, men hun var ikke sikker på, hvor længe.

Hans øjne blev store , da han så Catherine i et sort korset og lange sorte støvler.

Catherines udseende stod i skarp kontrast til hendes sædvanlige professionelle påklædning.

"Åh, tak," svarede Julia stille. "Du ser også smuk ud."

"Nu er det tid. Jeg har låst mit særlige værelse op. Det er nede ad gangen. Vent på mig der med dit kamera klar, så tager jeg vores særlige gæst med. Du er fri til at tage billederne, som du vil. Jeg vandt ikke give dig instruktioner om, hvordan du udfører dit arbejde. Det er op til dig."

"Tak skal du have."

Catherine trådte til siden og signalerede til Julia, at det var tid til at gå til trældomsrummet alene.

Julia tog en blød indånding, og med sit store kamera i hånden strøg hun forbi Catherine og gik ned ad gangen mod det åbne rum.

KAPITEL 7

Trældomsrummet var stort, og væggene var dækket af sort polstring.

Det var et meget godt oplyst rum.

Julias øjne fejede over de forskellige seksuelle genstande og gadgets, der var udstillet.

Der var en bred vifte af dildoer, sexlegetøj, kæder og klemmer.

Der var en stol og et bord på værelset, som var de eneste møbler til rådighed.

Der var et stort ur på væggen for at sikre, at hver session varede præcis en time.

Det var først, da hun hørte lyden af Catherines hæle, der klikkede i gulvet, at Julia huskede, at hun havde et bestemt job at udføre.

De var ved at ankomme, og Julia gjorde sit kamera klar til at tage billeder.

Det første Julia så gå ind i rummet var den midaldrende mand, hans hænder stadig bundet og ansigtet stadig dækket for at beskytte hans identitet.

Julia tog et billede af ham.

Så kom Catherine ind i rummet.

Hun bar en skinnende guldmaske, der dækkede hendes ansigt, men lod hendes hår falde frit.

Masken så ud, som om den blev skabt i det femtende århundrede eller deromkring til en kongefamilie, mente Julia.

Julia tog billeder af Catherine, der førte manden ind i rummet og derefter lukkede døren.

Julia så nysgerrigt på, mens den bundne mand måtte knæle.

Catherine beordrede ham til at lægge sig på knæ og tie.

Julia tog flere billeder.

Catherine gik hen til sin samling af sexlegetøj og søgte efter det, hun ville have.

Hun slog sig endelig fast på en lang, kødfarvet dildo.

Men hun var ikke færdig endnu.

Hun spændte dildoen fast i et bælte og satte den så på over sit læderkorset.

Julia tog flere billeder.

"Er du klar i aften?" spurgte Catherine sin underdanige mand.

"Mmm... Hmmm..." mumlede han tilbage.

"God dreng," sagde Catherine i en nedladende tone. "Nu vil jeg have din lille røv bøjet over bordet."

Manden rejste sig og stillede sig på bordet med maven på det og benene adskilt.

Manden demonstrerede, at han havde gjort dette flere gange før, og at han nød hvert øjeblik, uanset hvor stormfuldt eller nedværdigende oplevelsen virkede for en normal person.

Catherine tog en lille træpagaj og begyndte forsigtigt at banke på mandens bagside.

Først var det blødt, som om hun bekymrede sig om hans velbefindende.

Med skovlen begyndte han at slå hårdere, så endnu hårdere.

Manden begyndte at mumle med munden, da slagene blev mere intense.

Julia havde næsten ondt af ham, men hun gjorde sit arbejde og tog billeder for ham.

"Kan du lide det, lille gris?" sagde Catherine til ham og fortsatte med skovlen.

"Mmm... Hmm..."

"Jeg har noget andet til dig."

Catherine lagde skovlen og bandt mandens hænder og ankler til forskellige hjørner af bordet.

Han blev fanget.

Al hans tillid blev sat fuldstændigt til Catherine.

Hun var på hans vilje og på hans nåde.

Han greb en flaske glidecreme og smurte en stor mængde på fingerspidsen.

Julia tog nærbilleder af Catherines smurte finger.

Julia tog derefter nærbilleder af fingeren, der kom ind i mandens anus.

Han stønnede, da han blev penetreret af Catherines finger.

Så stak han to fingre ind.

Så tre.

Julia spekulerede på, om manden nød det.

Men det var hans sag.

Julias opgave var at tage et billede af penetrationen, og det gjorde hun, kameraet tog det hele ind.

Julias mave faldt næsten, da hun så Catherine placere sig bag manden, den store penis fastspændt til hendes talje pegende direkte på mandens udstrakte bagside.

Julia var klar til at skrige og trygle på vegne af den hjælpeløse mand på bordet.

Hun ønskede at stoppe dette vanvid på hans vegne.

Men det gjorde hun ikke.

Det var ikke hans rolle.

Hendes mund var åben i vantro, og hun sænkede kortvarigt kameraet, så hun kunne se den anale penetration med sine egne øjne.

Det var et rystende syn.

Hun løftede sit kamera, rettede det direkte mod analpenetrationen og tog flere billeder.

KAPITEL 8

Mandag.

Det var tidligt om morgenen, og Julia stod i sit mørke værelse og fremkaldte alle de billeder, hun havde taget til Catherine.

Der var over to hundrede billeder i alt.

De første partier var klar.

Billedkvaliteten var god, og hun beundrede sit eget arbejde.

Han vidste, at Catherine ville være tilfreds med den måde, han fangede trældomsrummet.

Han vidste, at Catherine også ville kunne lide, hvordan den underdanige mand blev fanget.

Der var billeder, der fangede Catherine i hendes outfit, og der var nærbilleder af guldmasken.

Julia kiggede kort på resten af filmstrimlerne, hun havde taget.

Han så på optagelserne af manden, der sutter på sexobjektet, bliver tæsk og derefter sodomiseret i en lang periode ved det store bælte.

Hendes hjerteslag steg.

Han så derefter på optagelserne af manden, der blev rystet af Catherine.

Denne havde skudt et massivt læs sæd på gulvet, som han så blev beordret til at rense op med tungen.

Julia mærkede en brændende fornemmelse mellem sine ben.

Hun blev ophidset i hans mørke værelse, ligesom hun havde været i Catherines trældomsværelse.

Hun knappede sine bukser op og gled sin højre hånd ned i sine trusser.

Han så filmen blive fremkaldt, manden suttede på dildoen, mens han lå på knæ, og rørte ved sig selv seksuelt.

Han huskede alt, hvad han følte, da han så alt for første gang.

Hun visualiserede ham blive sodomiseret, og Catherine onanerede ham.

Hun rørte ved sig selv og tænkte på manden, der sutter på Catherines bryster .

Hun tænkte på alle de verbalt nedværdigende kommentarer, han havde givet hende, og den vanskelige situation, hun var blevet sat i.

Så forestillede Julia sig selv i mandens position.

Hun spekulerede på, om hun kunne nyde at blive tvunget til at sutte på en dildo og sodomiseret i sådan en nedværdigende stilling.

Da hun fik orgasme i det mørke rum, indså hun, at svaret var ja.

TREDJE DEL
Gylden maske og sort kjole

KAPITEL 9

To måneder senere var Julia iført en ny kjole, da hun gik til Catherines kontor.

De havde inviteret hende til et privat møde.

Da han uden tøven nåede frem til lejligheden, havde han en kort diskussion med sekretæren og fik lov til at komme ind på Catherines kontor.

De to kvinder hilste på hinanden med et kram, og begge sad på hver sin plads, med Catherine bag sit store skrivebord og Julia siddende overfor hende.

"Jeg kan ærligt sige, at du er den bedste medarbejder, jeg nogensinde har haft," sagde Catherine. "Det betyder noget i betragtning af antallet af kvalificerede mennesker, der har arbejdet for mig gennem årene."

En følelse af stolthed skyllede ind over Julia.

"Tak. Jeg gør så godt jeg kan."

"Kan du lide at have mig som din arbejdsgiver? Jeg har ry for at være en rigtig tæve, hvilket er velfortjent."

"Jeg synes slet ikke, du er en tæve," svarede Julia legende. "Jeg synes, du er en stærk kvinde. Og du er nemt den mest spændende arbejdsgiver, jeg nogensinde har haft. Hver uge er fantastisk. Jeg elsker det. Jeg ser altid frem til vores møder."

"Jamen, desværre er dine tjenester ikke længere nødvendige," sagde Catherine i en afstumpet forretningstone. "Du har fuldført din opgave med at fotografere alle mine subs. Jeg synes, du har gjort et vidunderligt stykke arbejde. Dit arbejde har langt overgået mine forventninger."

Julia var overrasket.

Han havde elsket at nyde, se og tage billeder af Catherines hemmelige sexliv.

At gå til sin lejlighed lørdag aften var hans ugens spænding.

Og han onanerede privat, hver gang han kom hjem.

Han var også blevet glad for Catherines firma på ugentlig basis.

"Åh jamen, jeg er glad for, at du kunne lide mit arbejde," svarede Julia og prøvede ikke at lyde knust.

"Jeg er ikke den eneste, der kan lide det. Alle mine mandlige subs er enige om, at du har gjort et fremragende stykke arbejde med din fotografering. Du får en stor bonus for dette. Når du forlader mit kontor, vil min sekretær, giver dig en kuvert med pengene".

"Det er meget venligt af dig."

Catherine smilede.

"Det er ikke et problem."

"Er der nogen måde, vi... kan... fortsætte dette?" spurgte Julia med al den tillid, hun kunne mønstre. "Som fotograf tror jeg, at der er meget mere, vi kunne udforske, som vi ikke har gjort endnu."

Catherine løftede et øjenbryn.

"Virkelig? Så den generte lille fotograf vil gerne blive ved med at arbejde for mig. Det er interessant."

"Nå, jeg er interesseret i din hobby," indrømmede Julia på trods af sig selv. "Det er en fascinerende ting, og jeg synes, vi har gjort et godt stykke arbejde sammen med hensyn til at lave kunst."

Catherine tænkte over det et øjeblik.

"Jeg har måske noget andet til dig. Ingen garantier. Men det kan være uden for din rækkevidde."

Julias opmærksomhed blev pludselig vakt.

"Hvad er det?"

"Trældomsfetich er mere almindelig i forretningsverdenen, end du måske tror. Det er meget populært blandt magtfulde mænd, fordi de elsker rolleombytning. De elsker at afgive kontrollen til forførende kvinder efter at have været chef for alting." dagen. Er du interesseret indtil videre?"

"Jo da."

"Fantastisk. Jeg kontakter arrangementsarrangørerne for at se, om du kan være med."

"Begivenhed?" spurgte Julia.

"Ja, det er en lille begivenhed, der sker en gang imellem. Det er i bund og grund en bondage-fest, hvor de rige og magtfulde virkelig har det sjovt, ligesom voksne."

"Det lyder som noget, jeg ville elske at se."

Catherine smilede.

"Du aner ikke. Det er så beskidt og vulgært, alle er maskerede. Alt er fuldstændig diskret. Desuden er det en tradition."

"Hvad skulle jeg lave der?"

"Tag billeder. Hvad skulle det ellers være? Måske vil eventarrangørerne have nogle fine billeder til souvenirs eller noget."

"Det kan jeg helt sikkert," svarede Julia. "For at være ærlig, lige siden jeg begyndte at tage billeder af dine bondage-sessioner, virker alt andet, jeg laver på arbejdet, ret kedeligt til sammenligning."

Catherine smilede.

"Jeg vidste, du ville kunne lide det. Du er sådan en pige. Hvis du nu vil undskylde, så har jeg en date om et par minutter."

"Åh, selvfølgelig. Tak for din tid."

Julia rejste sig og rakte hånden frem til et håndtryk, inden hun gik.

"En ting mere," tilføjede Catherine. "Mine andre venner spiller ikke altid legalt. Så hvis du vil blive ved med at arbejde for mig, så skal du være sikker."

"Jeg er sikker."

Catherine nikkede.

"Det troede jeg. Vi holder kontakten. Og vi vender snart tilbage til dig."

KAPITEL 10

En uge senere.

Det var tidligt tirsdag morgen.

Julia blev vækket af en række banker på døren.

Hun stod ud af sengen, så sig selv kort i spejlet og åbnede så døren.

Til hendes overraskelse var det Catherines sekretær, der holdt en lille pakke.

"Godmorgen," sagde sekretæren med et strålende smil.

"Godmorgen, kom ind."

Sekretæren gik ind i den lille lejlighed med pakken, og Julia lukkede døren.

"Undskyld, at jeg generer dig så tidligt," sagde sekretæren. "Jeg har travlt resten af dagen, så det var den eneste gang, jeg havde."

"Bare rolig. Vil du have en kop kaffe eller noget at drikke?" spurgte Julia.

"Jeg har det godt, mange tak."

"Så hvad bringer dig her til morgen?"

"Catherine har kontaktet arrangørerne af arrangementet," svarede sekretæren. "Alle elsker dit arbejde og tror, at dine billeder ville være velkomne."

"Dette er gode nyheder. Jeg ville elske at deltage."

"Der er dog en betingelse."

"Hvad er det?" spurgte Julia.

"Trædselsarrangementet er eksklusivt, og de lukker ingen fremmede ind. Derfor skal du have en indvielse, før du kan tage billeder der."

Nyheden vækkede Julia stærkere end nogen kop kaffe.

"Hvad mener du?"

"Der er en initieringsproces for nye medlemmer. Jeg får at vide, at der ikke er nogen vej udenom. Det er du nødt til, hvis du vil blive ved med at arbejde for Catherine."

"Nå, hvad kræver denne indvielse? Noget ekstremt?"

"Det skifter hver gang," svarede sekretæren. "Jeg blev indviet for et par år siden, og det var ret stille. Men for andre mennesker, wow. Jeg ville ikke ønske, det havde været dem."

Julia mærkede pludselig hendes sind snurre rundt.

Han ønskede jobbet mere end noget andet, og han ønskede ikke at skuffe Catherine ved at nægte.

"Sig til Catherine, at jeg skal gøre det," sagde Julia.

Sekretæren smilede og lagde pakken på et bord i nærheden.

"Hun vidste, du ville være interesseret. Det her er til dig."

"Hvad er det?"

"Åbn den, og du vil se."

Julia løftede låget på pakken for at se en gylden maske på et fint sort klæde.

Masken var elegant og lignede den, Catherine bærer under hver bondage session.

"Hvad er det til?" spurgte Julia, mens hun tog masken for at undersøge den.

"Du bliver nødt til at bære den til arrangementet. Det er den samme type som Catherine, som vil lade folk vide, at du er hendes gæst og underdanig."

Julia blev ved med at se på ham.

"Det er en smuk maske."

"Det er det bestemt. Der er også et outfit i pakken. Det skal du have på. Intet andet end hælene."

Julia løftede det tynde sorte klæde fra pakken.

Det var fuldstændig gennemsigtigt.

"Må jeg ikke have andet på under?" spurgte Julia.

"Nej, ingenting. Arrangementet starter klokken syv om aftenen lørdag. Der kommer en chauffør og henter dig klokken seks, så vær forberedt. Du må gerne have en frakke på til at dække din krop, når du går hen til bilen, men tag den af én gang, indtil du ankommer til arrangementet. Glem ikke at medbringe din maske og dit kamera."

"Må jeg stille dig et personligt spørgsmål?"

"Selvfølgelig," svarede sekretæren.

"Tror du, jeg kan gå igennem med det her? Jeg mener, efter din mening, tror du, at jeg vil være i stand til at håndtere, hvad der skal ske ved arrangementet?"

Sekretæren smilede.

Der er kun én måde at finde ud af."

KAPITEL 11

Lørdag aften.

Elevatordøren åbnede sig, og Julia gik hurtigt ned ad gangen i sin lejlighedsbygning.

Hun var iført høje hæle og en stor frakke.

Nedenunder bar hun den gennemsigtige sorte kjole og intet andet.

Han holdt pakken med guldmasken indeni og en anden æske, der indeholdt hans kamera.

Hun gik så hurtigt hun kunne, så ingen skulle se hende.

En sort bil ventede på hende, hvor chaufføren holdt døren åben.

Da han satte sig ind i bilen, så han Catherine sidde på bagsædet.

Da Julia havde sat sig, lukkede chaufføren døren og gik mod sin destination.

"Du ser sød ud i det outfit," sagde Catherine. "Det er rart at se dig i noget, der er lidt mere sexet end det, du normalt har på."

"Tak. Du ser også godt ud."

Julias øjne rejste hen over Catherines krop, som var meget mere nøgen.

Catherine var ikke flov over at sidde i bilen kun iført en tynd sort kjole.

Hver kurve på hendes krop var fuldt synlig, og hendes store brune brystvorter kunne ses gennem det tynde materiale.

"Du virker lidt nervøs," påpegede Catherine.

"Mere eller mindre. Hele denne proces er ret skræmmende for mig. Jeg hørte, at der er en indvielse, jeg skal igennem."

Catherine smilede.

"Du hørte det rigtige."

"Kan du i det mindste give mig en idé om, hvad der kommer til at ske?" spurgte Julia genert.

"Jeg er bange for ikke, skat. Men bare rolig. Du er i gode hænder."

"Det håber jeg. Gud, det her er lidt skræmmende."

"Hvorfor er du så her?" spurgte Catherine ligeud. "Hvad er den egentlige grund? Det skal være mere end professionel nysgerrighed. Indrøm det, du er en hemmelig tøs."

"Jeg er ikke en hore."

"Så skulle jeg måske bede chaufføren om at vende denne bil og køre den tilbage til din lejlighed.

"Vent," svarede Julia hurtigt. "Jeg er her, fordi jeg kan lide det, du laver. Jeg synes, det er spændende. Jeg vil gerne blive ved med at se dig."

"Har du fantasier om at være med? Har du nogensinde tænkt på at blive tæsk, tvunget til at bære en strap-on med dig inde i nogle af dine stramme huller?"

"Ja jeg gør."

Et drilsk smil dukkede op på Catherines ansigt.

"Selvfølgelig. Jeg vidste, at du havde underkastelsespotentiale fra den dag, jeg gik ind i dit studie. Det er normalt de stille piger, der laver de største tøser."

"Jeg er ikke en hore."

"Indvielsen skal tage sig af det. Husk, ingen tvinger dig til at være her. Du kan gå, når du vil."

Et gys af frygt og spænding sendte Julias rygrad ned.

Han undrede sig over, hvad Catherine mente, men Catherine vendte bare hovedet med et lille smil og så ud af bilvinduet.

FJERDE DEL
Smerte og fornøjelse

KAPITEL 12

Sikkerhedslågen blev åbnet, og bilen fik adgang til den store ejendom.

Bilen standsede foran et palæ, og de to kvinder steg ud af det.

"Det er her, vi tager vores masker på," sagde Catherine. "Og tag din frakke af. Det er tid til at vise din pæne krop frem."

Julia tog sin frakke af og smed den ind i bilen.

En let brise af vind mindede ham om, hvor sårbar han var.

Hun mærkede mellemrummet mellem hendes ben prikke af den kolde luft.

Hendes lyserøde brystvorter stivnede fra en anden omgang brise.

Julia lukkede sine ben tæt i et svagt forsøg på at dække over sin kvindelighed.

Begge kvinder iførte sig deres guldmasker.

Julia rakte ind i bilen og greb sit kamera.

De lukkede dørene, og bilen kørte væk.

Indgangen til palæet blev bevogtet af to robuste mænd.

De bar også masker og forblev tavse, da de to kvinder nærmede sig dem .

"Password please," spurgte en af de maskerede sikkerhedsvagter.

"Håndklæde," svarede Catherine.

"I kan fortsætte mine damer."

Vagten åbnede døren, og de gik ind i palæet.

Julia undrede sig over bygningens ekstravagance.

Det så ud som om det var bygget til en kongefamilie.

Malerier, dekorationer og samleobjekter blev vist på væggene.

Indgangen, hvorigennem de kom ind, var dækket af en stor rød løber.

De gik gennem en stor hal.

"Du må vente lidt på gæsteværelset," sagde Catherine. "Der kommer snart nogen og leder efter dig."

Julia tog en dyb indånding.

"Godt."

"Du skal nok klare dig. Bare rolig."

"Kan du fortælle mig, hvad der skal ske?" spurgte Julia. "Jeg ville være mindre nervøs, hvis jeg vidste det."

"Nej. Vent på værelset, indtil nogen kommer for at hente dig. Hold din maske på, og lad dit kamera stå der. Der vil være god tid til at tage billeder senere."

Catherine åbnede døren og gjorde tegn til Julia om at komme ind i rummet.

Gæsteværelset var enkelt, med nogle træmøbler.

Julia tog en dyb indånding og gik ind.

KAPITEL 13

Han mistede overblikket over, hvor længe han ventede.

Hun tog aldrig sin maske af.

Efter at have kedet sig ved at sidde og vente, stod Julia foran et spejl og kiggede på sig selv.

Masken var dejlig.

Og han kunne ikke lade være med at tænke på, hvordan hendes lyserøde brystvorter og skede var synlige gennem kjolens tynde stof.

Hun satte spørgsmålstegn ved sig selv og sine grunde til at være der.

Inden jeg nåede at tænke videre, blev der banket på døren.

En kvinde kom ind, helt nøgen, kun iført en guldmaske.

"Følg mig," sagde den nøgne kvinde sagte.

Julia fulgte efter hende ud af værelset og ned ad gangen.

Det var blevet mørkere.

Mange af lysene var blevet slukket, og der brændte et stort antal stearinlys i alle retninger.

Der stod en gruppe maskerede mennesker på gangen.

Nogle var nøgne, nogle bar jakkesæt.

De bar alle masker.

De stod i en cirkel, med Catherine stående i midten.

Catherine var helt nøgen bortset fra masken.

Det var første gang, Julia havde set Catherines helt nøgne krop.

Julia beundrede hendes tonede figur og vellystige kurver med store brune brystvorter.

Julia blev ført til midten af cirklen, stående lige foran Catherine.

De andre maskerede gæster i lokalet forblev tavse.

"Velkommen Julia," sagde Catherine. "Komiteen besluttede at optage hende i vores private klub. Det var ikke en nem beslutning, men kvaliteten af hendes arbejde og hendes diskretion er det, der tillod hende at komme ind. Der er dog betingelser for denne accept, vil du gerne vide, hvad de er?

"Ja," nikkede Julia nervøst.

"For det første skal du opleve seksuel underkastelse for gruppen at se. For det andet skal jeg bære femten tøjklemmer på din krop under processen. Endelig skal du orgasme mindst to gange inden for den næste time. Alle betingelser er obligatoriske. Du kan acceptere dem eller gå."

Julia tog en dyb indånding.

"Jeg er enig."

"Fortæl os, hvorfor du er enig. Hvorfor vil du have så smertefulde og nedværdigende handlinger gjort mod dig? Du er en meget sød pige."

Julia tænkte sig om et øjeblik.

"At se dine sessioner i løbet af de sidste to måneder har åbnet mine øjne for noget nyt. Jeg vil fortsætte med at være en del af dette."

"Selvom det betyder, at man skal igennem denne indvielse?" spurgte Catherine.

"Ja."

"Og hvad gør det dig?"

"I en hore."

Catherine nikkede.

"Tag dit outfit af. Vis os din smukke krop."

Der var kuldegysninger ned ad Julias rygrad.

På trods af maskerne kunne Julia mærke, at hvert øje i rummet ventede med forventning.

Hun tog det gennemsigtige outfit ned på fødderne og efterlod sig selv helt nøgen.

Hun modstod trangen til at krydse sine ben og lod sit glatbarberede skridt forblive blottet.

Hun modstod også trangen til at dække sine små bryster og lod sine lyserøde brystvorter stikke ud.

Catherine trådte frem og var kun få centimeter fra Julia.

Hun rakte ud og rørte ved Julias lille bryst og strøg hendes hånd blidt.

Han kredsede om den lyserøde brystvorte med fingeren og klemte den hårdt sammen.

"Åhh..." gispede Julia.

"Gør jeg dig ondt?"

"En smule."

"Skal vi stoppe så?"

Julia vidste, at hun fik et subtilt ultimatum.

"Nej. Lad være med at stoppe."

Catherine klemte brystvorten endnu hårdere, hvilket fik Julia til at gispe igen.

"Du kan måske ikke lide det her i starten. Men du..."

En maskeret nøgen kvinde henvendte sig til dem med en pude med en lille stak tøjklemmer på.

Catherine tog et af clipsene, åbnede det og placerede det på Julias brystvorte.

Langsomt lod han klippet klemme brystvorten lidt efter lidt.

Catherine løsnede klemmen, som klemte hårdt ned på brystvorten, hvilket fik den til at svulme op.

"Det gør meget ondt," sagde Julia med stille desperation.

"Vil du stoppe? Betingelserne er ikke til forhandling."

"Hvor længe vil klippet være der?"

"Indtil du får orgasme to gange i aften. Jeg kan sætte fart på tingene, hvis du vil. Det ville være nemmere for en nybegynder som dig."

"Vær venlig..."

Catherine fandt en anden tøjklemme og brugte den nådesløst på Julias anden brystvorte.

"Ahhh..." råbte Julia.

"Det er to klip indtil videre. Tretten tilbage."

"Hvor skal du lægge dem?" spurgte Julia næsten bange.

Catherine lænede sig frem og hviskede i Julias øre.

"Hvad med dine skamlæber? Det er det traditionelle sted for en kvinde. Vil du stoppe med at lide eller være med i vores klub?"

Det var point of no return.

Julia besluttede sig på et øjeblik, selvom hendes brystvorter var ømme.

Hendes brystvorter i stedet for lyserøde blev en mørk rød nuance.

"Jeg nægter at give op."

"Så læg dig på ryggen. Og spred dine ben."

Julia lå på ryggen på det tæppebelagte gulv med spredte ben.

Hendes femininitet var helt afsløret og ventede på smerten fra tøjklemmer.

Catherine knælede ned og tog sig tid til at undersøge kusse foran sig.

Hun studerede det og beundrede det.

Catherine tog en tøjklemme, åbnede den og løftede venstre side af Julias læber.

"Det her kan gøre lidt ondt," advarede Catherine. "Du er en voksen kvinde. Så opfør dig som en."

Med disse advarende ord frigav Catherine grusomt klippet, hvilket fik hende til pludselig at knytte læberne, hvilket fik Julia til at skrige.

Catherine smilede og rakte ud efter endnu et klip, denne gang slap det forsigtigt til hendes læber.

Trykket fra det andet klip fik læberne til at ændre form.

Catherine fortsatte processen, indtil venstre side af Julias læber var dækket af tøjklemmer.

"Hvordan føles din fisse?" spurgte Catherine.

Julia hvilede sit hoved på gulvtæppet og bekæmpede smerten fra hendes brystvorter og læber, der blev klemt fra tøjklemmerne.

"Det gør mig meget ondt".

"Det viser, at du er et menneske. Jeg er stolt af dig, fordi du har holdt så længe. Din indvielse er hårdere end de fleste, fordi din økonomiske baggrund ikke er den samme som vores, og du ikke har en historie med slaveri."

"Jeg forstår."

"God tæve. Den svære del er næsten forbi."

Catherine rakte ud efter endnu et tøjklemme, denne gang placerede det forsigtigt over Julias højre læber.

Julia trak sig ikke længere tilbage og stønnede ikke.

Hun havde allerede vænnet sig til smerterne i hendes følsomme seksuelle områder.

Mønsteret fortsatte indtil alle clips blev brugt på Julias fisse.

Skeden, der engang var sød og attraktiv, var pludselig blevet deformeret.

Skamlæberne strakte sig i forskellige retninger som ler.

Catherine kiggede ind i Julias lyserøde fisse og så, at den var våd.

"Du er klar til din første orgasme," sagde Catherine. "Er det ikke sådan?"

"Jeg er."

Catherine slog i midten af Julias kusse uden varsel.

Chokket fik Julia til at græde i en sjælden kombination af smerte og fornøjelse.

Julias fissespand fortsatte, indtil Catherines fingerspidser var dækket af vaginale væsker.

"Du er gennemblødt, skat," sagde Catherine. "Jeg tror, du er klar."

Med det førte Catherine to fingre ind i sin kusse og brugte fingrene på sin anden hånd til at lege med Julias klit.

Det var en potent kombination.

Hans fingre var dygtige til seksuelt at behage andre kvinder.

Med fingrene blev det arbejdet på en særlig og dygtig måde.

Julia stønnede af fornøjelse.

Hun brød sig ikke længere om gruppen af maskerede mennesker, der så hende.

På det tidspunkt kunne hun kun tænke på den brændende fornemmelse i hendes fisse og brystvorter.

Fingrene fortsatte det hektiske arbejde.

Catherine gik hurtigere og hurtigere med mere intensitet.

Julias krop rykkede.

stønnede hun.

Catherine følte, at Julia var på randen af sin første orgasme, så hun arbejdede endnu hårdere og fik fingeren på sin varme fisse.

Julia vred sig, stønnede og hendes ryg krummede sig.

Julia udstødte et højt skrig og hendes fingre krøllede, så slappede hendes krop af.

"Det er den første orgasme indtil videre," smilede Catherine og kiggede ned på sine fingre, der var dækket af fissejuice. "Nu er det tid til orgasme nummer to. Men den her bliver lidt sværere. Du kan stoppe, når du vil. Klar?"

"Ja."

Catherine knækkede med fingrene, og to maskerede nøgne kvinder kom hen og viklede læderstrenge om Julias hænder og ankler.

De guidede Julia rundt, så hun lå på knæ.

De rakte ud efter Julias hænder og ankler og hægtede dem på kroge i jorden.

Julia lå med ansigtet nedad, fuldstændig bundet og hjælpeløs.

"Din sidste test er syv tommer på din røv. Bare rolig kitty, jeg vil bruge masser af glidecreme til dig."

Julias øjne blev store.

Bondage-remmene på hans håndled og ankler var stramme, og han havde ingen steder at tage hen, medmindre han besluttede at holde op, hvilket permanent ville afslutte hans forhold til Catherine.

Hun nægtede at give op, selv når hun mærkede Catherines fingre pressede ind i bunden på hende.

Fingrene var dækket af en tyk smøring.

Fingrene prøvede hendes lille anus så langt de ville.

Catherine var ikke særlig sød.

Det hele var en sag for hende.

Så Julia lagde simpelthen sit maskerede ansigt mod gulvet og accepterede fingerpenetrationen inde i hendes røv.

"Jeg har tænkt mig at bruge den penisrem, du har set mig bruge så mange gange på mine underdele," sagde Catherine og lænede sig op ad Julias krop. "Jeg går langsomt i starten, men jeg håber, du fortsætter med mit tempo bagefter."

På det tidspunkt havde Julia minder om alle de maskerede mænd, der var blevet kneppet analt af Catherines mange forskellige strap-ons.

Julia havde forestillet sig at være i den underdanige rolle så mange gange før.

Men hun havde aldrig forestillet sig, at det rent faktisk ville ske for hende.

Spidsen af selen pressede hårdt mod Julias anus.

Catherine brugte sine hænder til at sprede Julias balder fra hinanden, så sexobjektet kom ind i det lille hul.

Julia stønnede højt, da genstanden kom ind i hendes krop.

Den kom langsomt ind i hendes endetarm.

Hun knyttede hænderne hårdt og sammenbidte tænderne.

Da objektet fortsatte den langsomme rejse op ad hendes røv, gispede hun og udstødte et støn.

Han fortsatte, indtil Catherines skridt pressede sig mod bunden.

"Modig pige," sagde Catherine i Julias øre. "De fleste ville have givet op nu. Ikke dig. Du er næsten færdig. Det vil føles godt om lidt."

Catherine trak sig langsomt tilbage fra Julias endetarm, gav derefter et blidt skub og trak det dybt inde igen.

brugte langsomt rytmen i overensstemmelse med Julias spænding.

Hvert stød fik Julia til at stønne.

Julia kiggede rundt i rummet, mens hun blev sodomiseret.

De maskerede gæster var tavse og så showet.

Hun spekulerede på, hvad de ville tænke om hende.

Han spekulerede på, om de var begejstrede.

Han spekulerede på, om de også ville have ham i røven.

At støde ind i Julias røv fortsatte.

Smerte blev hurtigt ledsaget af glæde.

Hendes brystvorter og kusse var stadig ømme efter tøjklemmerne.

Smerten blev ved med at vokse, men fornøjelsen voksede også med samme eller større intensitet.

Hendes anus gjorde stadig ondt af det syv tommer sexlegetøj, og hun var ikke helt ved at vænne sig til det.

Men der voksede en mærkelig nydelse inden i hende.

At blive analt kneppet for alle at se var spændende.

Det var sensationelt.

Fremstødene blev hurtigere og dybere.

Catherine viste mindre barmhjertighed og mindre ømhed og begyndte virkelig at være uhøflig over for Julia.

Julia blev behandlet som enhver af Catherines underdanige, hvilket var en kompliment til Julia.

Det betød, at Catherine vidste, at Julia var stærk og værdig nok til at tage den anale straf.

"Jeg kan mærke din orgasme komme tættere på," sagde Catherine, mens hun stødte. "Kom efter mig, skat. Gør det og meld dig ind i vores klub."

"Jeg prøver," gispede Julia.

"Måske vil det hjælpe, kat."

Catherine rakte ned og begyndte at lege med Julias klit, mens hun sodomiserede hende.

Julias seksualitet blev overfaldet fra alle sider.

Hendes brystvorter gjorde ondt.

Hans læber gjorde ondt.

Hans anus og endetarm blev nådesløst banket.

Nu blev hendes følsomme klit masseret.

"Åh gud!!!" Julia stønnede.

Den unge kvindes ryg krummede sig voldsomt, og hendes hænder og fødder knugede sig af al magt.

Væskerne kom ud af hendes fisse og dækkede gulvet.

For anden gang kom han foran alle endnu en gang.

"Tillykke," sagde Catherine og gned Julias hår. "Du er nu medlem af vores klub."

Catherine fjernede langsomt sexlegetøjet fra Julias bund og rejste sig.

Hun så Julia på jorden.

Julia var seksuelt udmattet i øjeblikket og kom langsomt tilbage til sig selv.

De andre maskerede kvinder kom for at løsne Julia og fjernede klemmerne fra hendes brystvorter og kusse.

Julia rejste sig, og de andre maskerede gæster i lokalet gav deres nye medlem et klapsalver.

EPILOG

Seks måneder senere.

Julia havde en smuk kjole på, mens hun ventede i elevatoren.

Hun holdt en stor gul konvolut.

Da han nåede sin etage, hilste han på sekretæren med et velkendt smil.

Så gik han ind på Catherines kontor.

Der blev udvekslet drillerier, og Catherine åbnede konvolutten for at se på de nyfremkaldte billeder, mens de begge satte sig ned.

"Du har overgået dig selv ," påpegede Catherine og kiggede på billederne. "Udsøgt arbejde. Kameravinklerne, belysningen, timingen. Disse er perfekte. Vores venner i klubben vil elske dem."

"Tak. Jeg håber, du nyder dem."

"Det er en skam, at disse billeder skal forblive private. Dit talent som fotograf burde blive anerkendt af mange flere mennesker."

"Anerkendelsen fra dig er nok," sagde Julia modigt.

Catherine smilede.

"Sikke en sød pige."

"Jeg så min check placeret på sekretærens skrivebord. Jeg er sikker på, at det er endnu en generøs betaling, som jeg er meget taknemmelig for. Men i dag håbede jeg på noget lidt mere...ekstra..."

Catherine krøb sammen på sit kontor for at fjerne sine trusser under sin nederdel.

"Meget godt. Du har tredive minutter før mit næste møde."

"Tak skal du have."

Julia henvendte sig uformelt til skrivebordet.

Hun forsøgte at skjule sin utålmodighed, men de vidste begge, hvordan Julia virkelig havde det.

Catherine spredte sine ben og så Julia falde på knæ.

Grænsen var tredive minutter, så Julia spildte ingen tid med at spise sin dominerende elskerindes fisse, indtil hun nåede orgasmepunktet.

ENDE

www.ingramcontent.com/pod-product-compliance
Lightning Source LLC
Chambersburg PA
CBHW020120180726
47992CB00019B/1259